我将花儿开遍

曾嫣 / 著

长江出版传媒

长江文艺出版社

自　序

　　《我将花儿开遍》是我的第二本诗集，因距第一本诗集《在岁月的筵席上与你相遇》出版仅两年时间，所以收入的作品多数是近作。

　　延续第一本诗集风格，这一本既是诗集同时也是摄影作品集，这不单是我贪心的表现，还因此避开了寻找绘画插图的尴尬。

　　也许前世的我就是一棵草木，今生注定被风雨召唤，被阳光感染，为生命动容，无论是灵光一现还是苦思冥想，我笔下的诗文少有不缘起自然的一草一木，继而延伸到人的世界；我的摄影作品格调也基本如此。

　　写作是我生活中的一种常态，二十多年来写作手法一直随性，写作态度却严肃认真。——随性源自我的性格，严肃认真是一个理工教师的职业素养。

　　"做一棵有觉悟的树"，这一小辑里面的诗都是借喻、诫勉；"枝头开满雀儿花"，则是见景生情，写意自然；"切入的鼓点"，表现四季打动人心，风霜雨雪融于生活，颇多感慨；"我将花儿开遍"，是感性诗作，抒发亲情、友情、乡情；"秋天脚步一刻不停"，理性思考的诗作，看上去比较冷醒；"有风自南方"，是一组韵律诗，均为绝句；"红地毯"，谐谑诗，打油为主。

　　自 1994 年发表第一篇作品，我便开始文学写作且一发不可收拾；报纸每周一稿、杂志每月一稿，已经不能满足我的写作速度，也限制了我的写作方向，于是出版文集成了我的唯一选择。

　　2002 年，集自己八年写作之尚可者，出版了第一本散文集《无言立马峰》。《无言立马峰》中的作品追求工整，追求立意，追求文采，毕竟是首部文集，正襟危坐之态显而易见。而后的十年间，热衷于网络写作，开了博客，写作不加拘束。2012年出版了《生活的视野》，其中的随笔追求短小精悍，散文也略显恣意。

2016年，我忽然有了写诗的冲动，所谓"拆行句子"，就是我新上手的爱好；日常的所见所思凝练成句，即在微信公众号"眼见为诗"上与读者见面。2018年，诗集《在岁月的筵席上与你相遇》出版。

没有人给我下任务，所以写什么随心所欲。二十年散文写过去，诗歌这一阶段来了，《我将花儿开遍》。

散文随笔一类的纯文学，已经少有人关注了，不以袒露私人情感、不以倾诉哀伤博取同情、不以放肆写作为手段的诗歌，受众更少。不能责怪读者，毕竟是日新月异的社会生活在主导；也不能责怪自己：不去迎合大众，对错都是自己的选择。只要尚能做到不辱没文字，便我心泰然。

虽然先后已经出版了三本文集，自己写序还是头一次，实在是因为不知如何写来。

就选一首诗给自己也给《我将花儿开遍》画像吧——

每一种树木
都有适合的所在
推崇柳树的河边
松树强调自己的价值
很不应该
即便是亭亭玉立的白桦
也最好远远地观望
看风吹柳丝
水面倒影摇摆

曾嫣
2020.11.12

目 录

做一棵有觉悟的树

做一棵有觉悟的树　002
料理雨的情感　003
晚风起伏在雨中　005
你从哪里来　006
任性的榆钱儿　008
歌唱的麻雀　010
最美的秋色深藏　012
心里的茅草　013
白桦树落叶了　015
小雪，你本该快乐　016
当你与世长辞　018
属于我的浪花　019
致敬丁香　020
大树的宣言　021
做旧的岁月　022
夜的苍茫里　024
雨天的景色单一　026
风色　028
风景　030
海棠与酒瓶　032
理想的木桩　033

I

枝头开满雀儿花

春天的花园　036

诗意的色彩　038

喜欢四月的模样　040

自然而然的诗意　042

淡月如云　044

枝头开满雀儿花　045

一只信鸽飞过　046

谁主沉浮　047

祭牙　049

你若是梅花　051

嘿，小蜜蜂　052

柳絮与落红　054

初雪　056

切入的鼓点

牙疼　058

今天，我乱了方寸　060

切入的鼓点　061

春的踪迹　063

四月春　064

信风如期　066

仲夏夜的风　067

晚秋　069

秋之盛意　070

落日的气息　071

江南冬月冷　073

雪舞　074

冬至气象　076

需要一个冬天　078

今日大雪　080

风雨艰难　082

锁定心情　083

一条路　085

我将花儿开遍

自然若安好　088

庚子春深　089

岁月能倒转，该多好　091

奶奶和姥姥　092

奶奶的果实　094

暑天里的西红柿　095

一起消失的人生　097

女人花　098

远方　100

成长　101

我的老情人　102

我们的名字　104

来来回回的风中　106

家乡有一条大江　108

我将花儿开遍　110

收拾心情　112

那天　113

写在六一　114

秋天脚步一刻不停

一颗蒲公英种子　　118
秋天脚步一刻不停　　120
似是而非的杂念　　121
跟自己讲和　　124
秋风落叶　　126
一无所有　　128
如果有来生　　129
窗外的联想　　131
桑树的低调　　133
北风　　134
根　　135
长短句子两则　　137
生命需要安静　　139
凑合＆活着　　140
爱情已经有毒　　142
缺席　　143
心的选择　　146
明确已经发生　　147
左腿和右腿　　149
二〇一九的夏季　　151
我的四季五行　　155
怕什么　　157
遇上一个无赖　　158
装腔作势无病呻吟自我标榜，等等　　160
聪明的　　163
与秋共舞　　165
被惹毛的秋天　　167
夜晚缺乏阳光　　171

我不怪你　　173

有风自南方

三月　　176
有风自南方　　177
庚子四月　　178
狼藉之处生紫烟　　179
燕北归　　180
问东风　　181
五月　　182
端午有感　　183
分水岭游吟　　184
坝上夜歌　　185
中元日　　186
恣意涂抹最快活　　187
秋色美　　188
秋风起势天下凉　　189
秋色起舞　　190
数喜鹊　　191
水仙 & 女人　　192
入腊　　193
向往　　194

红地毯

自画像　　196
流浪狗　　198
杂食之徒　　199

垂钓者画像　　201

是年夏季　　202

健康的小船　　205

红地毯　　207

你不声响　　209

做一棵有觉悟的树

做一棵有觉悟的树

每一种树木
都有适合的所在
推崇柳树的河边
松树强调自己的价值
很不应该
即便是亭亭玉立的白桦
也最好远远地观望
看风吹柳丝
水面倒影摇摆

(2019.9.11)

（1995 年 8 月作者于哈尔滨文庙留影）

料理雨的情感

霏霏细雨中
打一把伞
雨落无声
用心聆听的情意
化作叙谈

密集的雨滴
敲击着路面
大大小小的水花飞溅
伞和雨探讨
给眼前留出一块天

（新疆新源那拉提草原风光，2013 年 8 月拍摄）

狂风裹挟着暴雨
天地水域横转
伞和雨揖别
不说一句话
只在无所作为时
走远

(2019.7.20)

晚风起伏在雨中

晚风起伏在雨中
淅淅沥沥的雨穿过叶冠
或紧或慢的敲打
提醒撑开的花伞

雨中彳亍的不止姑娘
也不限于驿外断桥边
晚风起伏在雨中
丁香情愫
翻过坚固的围栏

（2020.5.18）

（墙外丁香，2019 年 5 月摄于哈尔滨）

你从哪里来

你从哪里来
从海边还是山外
握着一只海螺
还是攥着一束山花
或许你只带来海浪味道
山中林木气息
不管怎样
我都加倍渴望
和这样的你相遇

你说自己就在对岸
距离不是很远
但要穿过滚滚车流
还有人山人海
虽然怀抱一世花香
难免裹着尘埃
你问我这样的你
是否被人渴望

我从不怀疑
花香来自何处
只是那尘埃中
混杂太多人间烟火
风尘仆仆前来
不是理想赴约

急匆匆离去
辜负积攒许久的期待

我这样回答
注定令你沮丧
但是我不能勉强
我早已在心中
演练了无数次
我们相见时各自的模样

(2016.10.20)

（陕西汉中留坝草原风情，2019 年 6 月拍摄）

任性的榆钱儿

榆钱儿不算花吗
榆钱儿银色的眼眸闪烁
似乎向苍天和路人询问

那树榆钱儿不曾脱落
榆叶还嫩黄
一串串银色的榆钱儿
美得干脆清奇

嫩绿的榆钱儿
愉悦了谁的童年
飘撒的榆钱儿
成就了艺术的浪漫
路边的榆钱儿
等待着起飞
去找寻繁殖的土壤

那树特立独行的榆钱儿
它如此罔顾世人的评议
拒绝奔走他方
就在此地
将榆树美成一棵花木

苍天和路人
已经不重要了

那一棵榆树
活成了自己想要的模样

(2019.5.24)

（2015 年 7 月摄于加拿大维多利亚布查特花园）

（阿联酋鲁卜哈利沙漠风情，2019 年 12 月拍摄）

歌唱的麻雀

麻雀从树梢飞落
不是一只
成双的不只有鸳鸯

聪明的麻雀
穿着隐蔽的外衣
一年四季不显山露水

麻雀太不显眼
于是它们成群结队
飞成扇面

麻雀的习性
几乎被人遗忘
它曾经的俗称叫家雀

惬意的麻雀
快要跳上路人的脚面
它们近来感觉不到恶意

如果没有人加害
麻雀每天都会歌唱
歌唱自由自在的时光

(2019.6.22)

最美的秋色深藏

北方的秋色
被人误解太久
似乎凋零是唯一注脚
枯枝败叶中意蕴凄凉

北方的秋色
从来不做任何解释
由天地轮回来来去去
只等机缘巧合
才将浩浩荡荡的华彩
挥洒个淋漓尽致
她让世人知道
最美的秋色深藏

(2019.11.7)

（2019 年 10 月摄于哈尔滨工业大学科学园）

心里的茅草

立夏，燕子归来
丁香如期绽放
嫩绿有了成熟的向往
心里的茅草也有模有样了
春天荒废的日子
由他去吧

埋葬在一方山水的祖先
有子孙替他活着
精确地感知季节的温度
故土的意识深入骨髓
而人们只欣喜燕子南来
并不关注它的族谱

丁香遍栽每个角落
人们用密集和壮观
打扮自己的心愿
于是没有多久
她的名字与这个城市关联
从此无人想起她来自何方

嫩绿美好的时间太短
由人惊讶到倏忽不见
像记忆中的青春之歌
还来不及唱得完全

便匆匆脱下青春的服饰
忐忑地开始成人之路

茅草在春前发誓
要趁着春风茁壮起来
春天的雨水却行踪不定
茅草干渴了一季
茅草的理想被生存打败
却看起来活得坚挺

春天荒废的日子
由他去吧
跟他纠缠不过
除了纠缠也不会留住什么
一切都顺流而往
不知去向哪个地方

(2019.5.31)

（加拿大维多利亚布查特花园小景，2015 年 8 月拍摄）

（秋到白桦林，2018 年 11 月摄于哈尔滨松北）

白桦树落叶了

白桦树落叶了
凋落的白桦叶
散发着秋天的味道
散发着失去生命力的味道

纵使失去了生命力
白桦叶绝无腐朽气息
那浓稠的挥洒
像是片片白桦叶的声明
在杂乱的落叶中
白桦叶扛起了一杆旗帜
主张生命的哀荣

（2018.11.18）

（雪童，2015 年 12 月摄于哈尔滨工业大学科学园）

小雪，你本该快乐

昨日的小雪
下在了今天
小雪，你是没有打算
不得不在节气的威逼下
把自己抛洒
还是路上遇到了阻隔
为何如此闷闷不乐

小雪，你本该快乐
轻盈是你的底色

这世上没人能懂
你也有不良的情绪
从那久远古老的乡村
到这半新不旧的城市
有谁怀疑过
小雪不是值得羡慕的时光呢

所幸有人是知道的
也和小雪一样将悲哀隐藏
为了不让世人失望
舞姿满足所有的期待
至于真相如何
去问小雪吧
只要小雪肯说

(2020.1.7)

当你与世长辞

你买了好多书
和孩子一起阅读
你要记住
买一本诗集
里面除了诗句
还要有手绘的图画

当你与世长辞
那诗集里的图画
便是你的船票
你会不时回到孩子身边
听他讲新奇的故事
用读诗的语气

（2018.10.28）

（母女，2011 年 8 月摄于哈尔滨中央大街）

（海滨风光，2018 年 12 月摄于福建厦门）

属于我的浪花

岁月的波涛
扑面而来
尽管我没有好身手
也不懂水性
我还是毫不犹豫
迎上去

我不会浪费掉
任何一朵
属于我的浪花

（2019.3.24）

致敬丁香

可敬属于丁香

不知不觉中
丁香将紫色绽放
即便没有风扬
也将香气播向四方

花开不妖艳
花谢拒缱绻
丁香用干净利落
书写一阕生死契阔

（2018.5.19）

（丁香花影，2019 年 5 月摄于哈尔滨）

(内蒙古赤峰克什克腾乌兰布统风光，2018年7月拍摄)

大树的宣言

一棵大树甘心倒下
那是决意做个栋梁
捧出赤子之心
贡献一身力量

牙签的出路指给大树
大树宁肯挺立在风雨里
执着直至枯朽
燃起一堆篝火
也是大树更好的愿望

(2018.10.4)

（2014年4月作者于浙江绍兴安昌古镇留影）

做旧的岁月

翻新的水榭
涂着刺眼的翠绿
坏了一方风景
而抱怨的言辞
批评的声音
却在一个冬天过后沉寂

阳光和风雨一起
茁壮了林木
也在做旧
失去生命力的东西

以更快的速度

簇新和陈旧
都不适合用来审美
最可欣赏时段
没人能够留住
做旧的岁月一往无前

(2020.4.15)

夜的苍茫里

午夜失眠的窗口
没有问候的风
马路上偶尔一辆汽车
自西向东
并不着急地开着
仿佛也无所事事
像从失眠的床上爬起来
去兜风

由东向西的电瓶车
和对面的出租车擦肩而过
彼此没有一声招呼
只在孤寂的夜里
给对方一个光的触摸

不远处二环路上
好似开着工厂
轰隆隆驰过的大货车
一刻不停
让人平静地接受失眠
在失眠的夜里
体会着一样跳跃的神经

那想睡睡不成的
那想睡睡不着的

一双双的眼睛
在这夜的苍茫里
像是另一种光明

（海鸥，2017年10月摄于山东荣成八河水库）

（结伴，2019年6月摄于陕西汉中留坝紫柏山）

雨天的景色单一

雨天的景色单一
困顿的生活
有着相似的描述
雨后彩虹百般气象
闲逸的日子各种绚烂

雨水经常光顾
逗留起来没完没了
彩虹无法匹敌
转瞬即逝才是彩虹特质

小雨像极了晚霞
惬意中暗藏幽怨
大雨压顶如彩虹夺目
各具惊悚的美感

浓墨重彩时刻
属于艺术家
轻描淡写时分
付与诗人
平凡气象留给平常人
平常人难能从容

(2020.8.22)

（秋意浓，2019年10月摄于哈尔滨工业大学科学园）

风色

风色匆匆
柳树丛中翻腾起童年
江河里波起浪涌着青春
路边的树木尽数萧疏
摇摇晃晃的枝干
将秋色深沉写得阑珊

风从柳树丛起势
掠过水面扑向路畔

浓绿的柳树丛
闪亮的江河
黄叶飒飒的路边
有簇红色的枫叶
在这一切之前
红色的枫叶
仿佛一柄火炬
给浓绿加冠

风在一路搅动
只有枫叶之火
不知不觉中被引燃
火炬稳稳地燃烧
直至灰烬与风同色

(2020.10.28)

（山东荣成槎山风光，2017 年 6 月拍摄）

风景

山麓林木葱葱
山顶有光洁的岩石
山与岩石相伴构成美景
游人如织

画家说
那岩石不过是几个色块
墨色深浅不一而已

摄影家在观察

他说光影效果不错
对准岩石举起了相机

地质学家远远地判断
自言自语
白垩纪还是侏罗纪

他们的话
被一个老板听到
于是岩石告别山顶
从此销声匿迹

(2017.9.18)

海棠与酒瓶

红色海棠粉色海棠
开在何处没有两样

瓶子空虚
装酒便借酒生色
装醋则醋意横生

当海棠插入酒瓶
看上去泰然的酒瓶
开始盘算
如何抠去脸上的刺青

(2017.1.2)

(花卉，2019年1月摄于泰国清迈黑森林酒店)

理想的木桩

要早早打磨好
理想的木桩
把它竖立在高山上
无论何时何地
只要抬头仰望
它就向你散发出
高傲的光芒

理想的木桩
要经得住暴风骤雨
不怕雷霆万钧
即使尘埃如山
它也闪耀在
更高的高岗

那些实现的
所谓理想
不过是目标而已
不要和理想混淆在一起
目标不必宏大
理想绝不可以太渺茫

有目标不会迷路
有理想不会彷徨
理想不必对人说

目标不妨随便讲讲
实现的目标
人们看得见
靠近了理想
随你愿意
独自受用
还是与人分享

(2017.5.14)

（游人，2018 年 11 月摄于日本大阪城公园露天音乐剧场）

枝头开满雀儿花

（哈尔滨工业大学科学园一角，2015年9月拍摄）

春天的花园

1

选一抹梳理仔细的柳条
欲将嫩黄的岁月看个清楚
纤细的柳毛风中摇曳
将回忆演绎得越发朦胧

选一朵丹唇未启的桃花
跟她的花萼轻声细语
生命不会重新来过
一定要绽放得精彩

选一树姿态绰约的榆叶梅
远远欣赏她的风光旖旎
绝不靠近端详
露骨的枝干会把真相铺陈

那一只旁若无人的蝴蝶
趁着春光尽情嬉戏
一定是知道自己岁月短促
生命中不设恐惧的词条

那一只横穿甬道的花栗鼠
还是飞快爬去树上歇息
欢愉的姿态是人类看法
伪装的色彩才是生存困惑

那一只唱着奔忙的蜂儿
不在意自己吞吐何种花蜜
梅花正开放得汹涌
它无暇想起未来哪个远方

2

选一抹梳理仔细的柳条
回想童年娇嗔的清晨

选一朵丹唇未启的桃花
追忆那些远去的美言

选一簇姿态绰约的榆叶梅
如缕思绪在淡香里搅动

选一片随风而动的青草
向着绿色倾诉所有的时光

（2019.5.16）

（山东荣成海滨风光，2020年10月拍摄）

诗意的色彩

你在春天离开的吧
蓝色栅栏门加上一把锁
有红色的锁柄
像极了你出发的心情

夏天的雨水凑够了绣色
你迟迟不归的日子
牵牛担心呢
挺身而出
为你添一道护栏

你应该是知道的
牵牛守得黄了叶子
来到冬季寒冷时节
雪花手拉着手
接续为你看护院落

如此诗意的色彩
是你有心设计的吧
你一定知道
经过这里的人们
都被你的美意感动了
有人会在心里说
你还要多久才回来呢

(2020.1.16)

喜欢四月的模样

喜欢四月的模样
枝繁叶茂之前
树木各有各的好处

杨树狗儿尚未奓毛
远看过去像挂满棠梨
柳树毛儿正在使劲儿
把团团鹅黄撒在视野内外
四季老绿的松柏
点缀得刚刚好

那些桑树楸子还有丁香
稍嫌拖沓
于是有了后进生的脸色
在杨树柳树松树之间
坐成一条隔离带

怎么能缺少担纲的榆树呢
榆树钱儿尚未成型
榆树的虬曲枝干
恰好给墨色派了用场

有了这些就算齐了
这无花的四月
这般的春之景象

远胜百花争艳的孟夏
英气逼人得像个青衣

喜欢青衣
喜欢四月

(2019.5.14)

（四月杨柳，2019 年 4 月摄于哈尔滨工业大学科学园）

（泰国清菜茶山风光，2019 年 2 月拍摄）

自然而然的诗意

白云从楼群后面堆积而来
森森林木在楼群前面
摆动起长发
向着白云频频致意

林木中那条小河
燕子成群结队盘旋
划过水面时身姿矫捷
倒影难以捕捉

麻雀组成游动部落
它们不敢觊觎喜鹊地盘
麻雀欢歌从早到晚
喜鹊对唱时
麻雀躲到别处继续快乐

阳光或斑驳或坦荡
洒落在甬道或车道上
每一片叶子每一片花瓣
每一个生灵
都在接受温暖爱抚

此时应该有歌声响起
尽管自然并不在意这个

(2019.6.1)

淡月如云

风从巷口掠过
母亲在轮椅上看云
儿子笑着说
给你换上假肢吧
那样你就不会腿疼了

云在招手
月亮款款走来
老汉在菜摊旁徘徊
想起了一些往事
自言自语去日今生

云和月亮缠绕着
在风的伴奏下起舞
此刻
淡月如云

（2019.5.17）

044

枝头开满雀儿花

恬淡的上弦月
体贴地走向瘦削的柳梢
塞北三月的清丽
胜过江南三春的浓艳

成群结队的麻雀
秩序井然
等候明月的会见
静悄悄的
枝头开满雀儿花

(2019.3.22)

一只信鸽飞过

晨雾迷蒙中
一只信鸽飞过
孤单的身躯
飞在大雁的高度

这不是秋天
隆冬已经很久
虽然目标是南方
它并非迁徙

信鸽飞过万水千山
昼夜兼程风雨无阻
信念只有一个
回家

(2019.12.9)

（山东荣成八河水库风光，2017 年 5 月拍摄）

（广西桂林阳朔漓江风光，2019 年 11 月拍摄）

谁主沉浮

云海波涛翻滚着冻结
西北风与东南风
在冰面上角力
对阵的两军
战绩清晰

微弱的东南风
踪迹仔细
彪悍的西北风
蹚出条条通衢

远处的粗犷
是冰山与海水
刀切斧削一般割裂
没有丝毫缱绻缠绵

自然之伟力
在高空奋力书写
有形或无形
胜与败
不由他人裁决

(2019.3.23)

祭牙

牙痛
痛的不是别人
是它自己
痛到不痛
牙痛死了自己
牙的生命不复存在
只剩下一个残缺的躯体
留下来等待清理

牙在死亡之时发出讣告
让所有为它焦虑难眠
痛苦不堪的关系
都得到宽慰
它让每一滴水
都散发出甜滋滋的味道

死亡
解脱了主体
剩下的事情
是置办一个廉价的
或贵重的纪念碑
那是一定要有的
为了和活着的分享土地

属于它的清明节

周期以小时为单位
频繁的清扫
和它活着没有区别
时间久了
生与死
都被忘记

(2019.4.1)

（衬托，2014 年 2 月摄于澳大利亚布里斯班）

（内蒙古赤峰克什克腾乌兰布统风光，2018 年 7 月拍摄）

你若是梅花

你若是梅花
就开在江南
或许湿冷或许温凉
满是清澈的三月

在三月的暖风中
将你的花瓣绽放
在三月的暖阳下
安静地呈现你的花蕊
在一派年轻的季节里
培植下你的骄傲

纵使花香没有远播
未来也会芳华黯然
但你盛开的模样
终将成为你一生的底色

(2018.12.22)

（孩童，2019 年 2 月摄于泰国清迈）

嘿，小蜜蜂

嘿，小蜜蜂
你不要慌张

我不会跟你抢
你可以尽情吸吮
你可以放心奔忙
你要的是花粉
而我要的
是花香

嘿，小蜜蜂
你不要声张
这一片花草
是我们两人的领地
我要独享花香
你要替我保密啊
我的私心
你千万不要告诉别人

(2017.5.16)

（陕西汉中留坝花海，2019 年 6 月拍摄）

柳絮与落红

柳絮落在路边
它需要适合的土壤
繁殖是它的价值
它焦虑地等待一场大风
它要乘风飞扬

落红是去转世的
她不会遁迹而去
她或仰望或匍匐

安静地等待着一场小雨
她要在雨中涅槃

柳絮于路边或半空
会存续好久
那是无法忽视的存在
落红从不会张扬
她要用最短的时间
从世间消失
仿佛从来没有来过

(2019.5.16)

初雪

初雪飘扬
深秋的灰暗隐退
初雪不紧不慢
把凋敝景象渐渐扫光

冬雪绵延数月
在季节里彻底地铺张
而初雪
就是这长篇的起笔
举重若轻

(2008.11.7)

（2015 年 11 月摄于哈尔滨工业大学科学园）

切入的鼓点

（初春，2019 年 3 月摄于哈尔滨呼兰）

牙疼

早春三月
没有雪也没有雨
枯黄色主宰着世界

春天在人家枝头
绽放花蕾也绽放潮湿
春天在我身边
风干了大地
也风干我的呼吸

野外的茅草枯色骇人
随时要腾空而起
烧掉春天的所有希望
已被置于死地的春天
就等着一场雨
把疾病和绝望一路冲刷
我和春天一起咬牙等着
等得久了
牙疼

(2019.3.25)

今天，我乱了方寸

（第一场春雪，2018年3月摄于哈尔滨工业大学科学园）

今天，我乱了方寸
在突降的春雪中
心潮随着雪花翻转

裸露一冬的大地
羞愧难当
干枯了四月的枝条
随风放出呜咽
整个城市都在感冒

三月里的春雪
填补了冬雪的空缺
安慰了干渴的期盼
一部轻奏的旋律
从进行曲绵延成咏叹调
直至听众沉醉

（2019.3.28）

（内蒙古赤峰克什克腾乌兰布统风光，2018 年 7 月拍摄）

切入的鼓点

一枚去年的叶子
在风里飘舞
仿佛枯叶化蝶
引领的寓意不言而喻

成群的喜鹊在叫呢
相互追逐
燕子正在北归
离山海关应该不远了

我在窗前
揣摩旋律的节奏
我已经准备好了
去季节里弹拨
只等东风向我发出
那个切入的鼓点

(2020.3.26)

春的踪迹

（杭州西湖，2014 年 4 月拍摄）

春天踩着回归线
从南向北蹒跚
早早把花儿开向岭南
新安江绿了又绿
关中的条条山峪里
也缤纷一片

黑土地上积雪流连
蓝天下依旧是冬季模样
好像到了山海关
春的节奏更慢

我并不抱怨春天
我知道春天动了心思
她偷偷地
让我在不知不觉间
贪眠

(2019.3.29)

（加拿大维多利亚布查特花园一窥，2015年7月拍摄）

四月春

人间四月芳菲尽
定是江南春景
千呼万唤东风不来
才是塞北春情

惊蛰雷动
复苏了江南万物
塞北的虫儿
醒在不声不响中

遥看似有近却无
淡淡草色和柳色
是四月细雨的恳求
打动了残冰

如果春在三月
大把诗情萌动塞北
四月春太迟
春眠也等得没了耐性

(2020.4.20)

信风如期

信风如期
尘沙漫卷中草儿染绿
自然从不误解善意
信风如期
梅花粉红迎春嫩黄
丁香海棠头角峥嵘

信风如期
热浪追过山海关
万木竞争
直把立夏当春分
信风如期
种子都在努力
生命不敢倦怠
恐怕失去繁荣的时机

（2020.5.5）

066

仲夏夜的风

1

仲夏夜的风
几十年格调相同
飒飒地推窗入户
夹杂着隐约的虫鸣

仲夏夜的风
摘下一片薄荷叶
薄荷缩起脖子
再不敢向窗内窥看

窗下没有土壤
也可以远远地想象
想象墨绿的薄荷叶
堆积成柳树冠的模样

2

仲夏夜的风
几十年不解风情
没有一件外衣
在凉下去的夜晚
披在你的身上
你能做的

就是咬紧牙关
告诉自己　不冷

仲夏夜的风
游逛闲庭
并不留意谁的眼睛
人啊
怎么在同样的风里
忘掉曾经的心酸
和曾经的伤痛
什么时候才能懂
抚平这件事
从来不在风的作为之中

(2019.7.15)

（峡谷，2017 年 6 月摄于陕西安康石泉中坝）

晚秋

一袭秋风满目黄
天也苍苍
地也苍苍
枯枝落叶说凄凉

欲说人间春秋事
去也茫茫
来也茫茫
回首前瞻几彷徨

(2018.10.6)

（渔船，2018 年 12 月摄于福建厦门）

（东北秋色，2018 年 11 月拍摄）

秋之盛意

一叶知秋
不，那远远不够
必须落叶扑面
必须一个丰满的描述

一叶知秋的形而上
是凉与凄凉
衰败与死亡
落寞也会跌撞而来

当世界被秋叶覆盖
秋色接地连天
秋的盛意才能充分释放
那隆重华彩的告别
是秋天给生命的
热烈一吻

（2018.11.3）

（落日与大雁，2018 年 9 月摄于哈尔滨太阳岛公园）

落日的气息

又到了初冬季节
脱光叶子的杨树桦树
枝干稀疏清晰
午后慵懒的阳光
洒向一排排楼房

父亲在前我在后
走过树丛中的甬道
拐过一个伯伯家的楼角
那是个跟时光相似
同样色调的楼房

我以前不清楚
究竟是什么原因
楼角处的画面
顽固地盘踞着
在记忆的第一位置

眼下我望向远处
相似的景象让我豁然
原来日落的气息
比春草还要浓烈
有打乱岁月的功力

(2019.11.25)

江南冬月冷

枯枝败叶寒塘水
雨雪凄风
彳亍二三里
不闻虫鸣

人道江南冬月冷
如此这般
斟酌万千词
天地公平

(2010.12.20)

（山东荣成八河水库风光，2017 年 10 月拍摄）

雪舞

我很想学着诗人口吻
问你从哪里来
为何如此洁白
可是常识限制了想象力
我没有胆量装作无知

秋天美景荡然无存
天地荒凉到了极点
为你到来而腾空世界
这应该不是一个伪命题

既然如此我要小资了
你轻盈的舞动
如芭蕾和古典一起翻飞
你整齐的奔腾
恰似街舞少年组成天团
你大大小小的盘旋
定是拉丁风暴

想用声音来描述你
你却只有舞蹈
不管舞台有没有灯光
不管台下有没有观众

好了

现在我收起罗曼蒂克
不再做笨拙的比喻
但请念及我为你而愚蠢
你要经常光顾这个冬天
每每舞到酣畅淋漓

(2019.11.30)

（雪色，2012年12月摄于哈尔滨工业大学科学园）

（冬深，2020 年 1 月摄于哈尔滨工业大学科学园）

冬至气象

只有雪还不够
一定要有冷
如此这般
才是冬至气象

冬至气象
不是裹紧围巾
不是戴上口罩
是不想出门

冬至气象

在清晨完成
冻结的空气
凝固了整个天地

冬至气象
即使没有飘雪
入冬以来的铺垫
已足够渲染

冬至气象
也有另类呈现
有人提醒我
别忘了那个民间主题

(2019.12.22)

需要一个冬天

需要一个冬天
极尽寒冷的冬天
让人可以毫无杂念地
足不出户

窗外的行人
步履匆匆
像极了室内的思绪
行人的脚步迫于严寒
室内的思绪从春到冬

冬日的形象
简单至划一
使人联想起诗的风格
一贯的朴素
需要偶尔有些改变

寒冷是最有效的降噪
从麻雀到喜鹊
以及无可言状的热闹
北风压倒了喧嚣
个别的聒噪
格外不合时宜

总要找个时刻

出去会会凛冽的空气
打在脸上的寒冷
清晰到深刻
让人不得不信服
面孔有更强的适应能力

需要一个冬天
昼短夜长的冬天
让人有足够的理由
不欢不喜
也不忧不惧

(2020.1.18)

（日本富士山，2018 年 11 月拍摄）

（红松林，2020年1月摄于哈尔滨工业大学科学园）

今日大雪

大雪的季节无雪
只有风寒入骨
让我想起青春
没有爱情的岁月

即使无雪
冬季也没有花开
就像没有爱情
青春也悄然而逝

今日无雪

尚可期待来日
青春逝去
无处可寻

该怎样就怎样
说起来简单
实现起来真难
就像今日大雪无雪

(2019.2.1)

风雨艰难

山雨欲来山黑了
山头顶的云也黑了
山云之间有白色斑块
那不是天也不是光是生活

天低了山近了
风在吹雨开始下
风雨之中有种声音
不是哀鸣也不是歌唱是喘息

山隐没在风雨里
天没有了痕迹
一片混沌中人丁奔走
天地人无意间搭班在了一起

(2017.5.28)

（走在海底，2020年10月摄于山东荣成桑沟湾）

锁定心情

阴雨连天
烦躁与无聊会合
交织成雨伞
罩着心绪杂芜
在雨中狂奔

杂芜中没有伤感
谈不上思考
乱云成团飞渡
想象十分苍白
远望的视野
混沌在雨雾中

楼下棚子周围
水花四溅成一道风景
修车工在车下呢
看着像一动不动

雨中出现一个单车
顶着风在骑行
黄色送餐摩托
宛如马路上冲出快艇

清洁车来了
几个清洁工

一边打扫散落的垃圾
一边高声说着什么

阴雨连天
生活脚步没有停下
火热生活之外
我是一个旁观者

如此老套的对比
很不适合入诗
难免有人谴责
我的烦躁和无聊
相形之下多么奢侈

人生有太多艰难
绝对不止
讨生活一种
此刻我确定
该如何锁定我的心情

(2020.7.15)

（内蒙古赤峰克什克腾乌兰布统风光，2018 年 7 月拍摄）

（河北承德塞罕坝风光，2018 年 7 月拍摄）

一条路

一条土路
东边靠着山脊
西望青纱帐
走出这条土路
告别了艰难困苦
这条路
承载起沉重的记忆
只有它清楚
我纪元里的岁月青葱

一条柏油路
路旁有个断魂院落
在这条路上走了很久
告别了年少懵懂
这条路
懂得我隐忍的神伤
季风来来回回
把过往痕迹彻底扫荡

一条林荫路
路两侧树木茂盛
树冠遮蔽了阳光
在这条路上徘徊徜徉
告别了所谓梦想
这条路
听惯渐重的脚步
斜晖下晚风里
肆意地铺陈人生晚景

(2015.12.8)

我将花儿开遍

自然若安好

雨夹着雪片
在西风中播洒
雨雪停了
天色渐亮

树冠似有绿意
从枯黄中挣脱
残冰已丢盔弃甲
河水的努力
显而易见

人间愁苦
自然我行我素
这样也很好
自然若安好
人间总会安好

（2020.3.27）

（雨洗，2019年8月摄于哈尔滨工业大学科学园）

（黑龙江大庆龙凤湿地风光，2011年7月拍摄）

庚子春深

青草奋力生长
树木在静静地发芽
各自绿了一片
遑论风雨何时播洒

桃花绽放等待蜂蝶
丁香的紫色准备好了
城外的鸟儿们
已在静谧的城市安家

天上云在堆积
寒流在扑来的路上

虫儿们要挺住啊
不管在树上还是土下

干燥的风在树梢作响
冰雪刚刚过去
轮番发作的任性
弄出一片喧哗

从天而降的风雨
罔顾依附大地的生灵
青草树木与花朵
鸟儿虫儿及其他

从天而降的风雨
怎会体恤生命的诉求
赞美或诅咒
于它都是笑话

(2020.5.2)

岁月能倒转，该多好

腊月的早晨
难得有这么温暖
舒展四肢赖在床上
佯做安眠

窗外的风声隐隐穿透
仿佛父亲在喊快起来吃饭
童年的伙伴好像已在门外
姥姥动手给我梳起发辫

腊月的早晨
阳光照亮了窗帘
我流连在恍惚中
任岁月倒转

(2019.1.28)

奶奶和姥姥

没见过奶奶
她在西南那个遥远的地方
她过世的时候我还小
奶奶留给我一件小夹袄
那是我出生时
她唯一拿得出的礼物

姥姥带我长大
教我百家姓和三字经
教我煮饭做针线
我替姥姥写信给小姨
小姨远嫁去了岭南

姥姥总出现在我梦里
我或是哭着或是笑着
和她相聚
奶奶只在照片上
跟父亲很像的老人家

那么多的歌都在唱着
摇啊摇摇过外婆桥
澎湖湾啊外婆的澎湖湾
姥姥生来是被孩子怀念的
奶奶就没有这个福气

因为她没有生个闺女

我好想当一回姥姥
也有爱我想我的外孙外女
可是我只有一个儿子
我只能是个奶奶
我羡慕所有的姥姥

奶奶留下的小夹袄
我没有穿过
我当了奶奶知道了
小夹袄里层缝着疼爱
外面绣着欢喜

（2019.5.30）

（山东荣成八河水库风光，2017 年 5 月拍摄）

奶奶的果实

幼儿园墙上画满葵花
奶奶，小朋友是葵花呢
为什么奶奶不是葵花

奶奶没有花瓣
叶子都落了
奶奶结果实了呀

知道了奶奶
奶奶有两茬儿果实了
是爸爸，还有我

(2017.2.6)

（宁夏中卫沙坡头风情，2011 年 7 月拍摄）

（阿联酋鲁卜哈利沙漠风情，2019 年 12 月拍摄）

暑天里的西红柿

暑天里的西红柿
是最消暑的惦念
虽然西红柿的味道
不如从前

西红柿的味道
不如从前
影像却依旧新鲜
跑进跑出的
还是那个小丫头
耳畔还是那句叮咛

慢点儿跑别摔着

说我老了爱回忆
跟你说吧不是
长大后的每一个暑天
伴着西红柿
我想念一个人

知道我爱疯跑
知道我饭吃得少
洗好一盆西红柿
放在门口的板凳上
怕我渴了饿了
想得周到
她是我姥姥

(2019.7.20)

一起消失的人生

父母离去了
我童年的顽皮或活泼
也一起消失了没人记得
父母离去了
我一部分人生也跟着去了

假如这个世上
没有人知道我的身世
没有人知道我从哪里走过
我无论怎样活着
都缺失了分量
也消失了最纯粹的快乐

（2017.9.8）

（父子，2019年7月摄于黑龙江黑河黑龙江畔）

女人花

没人顾忌女子特殊时期
她们不能休息
或要读书
或要操持家务
完成同样分量工作

没人顾忌年老女子更年期
荷尔蒙从她们体内撤退
更年期噩梦后
看似完整的躯体
其实是个糠萝卜

一个姑娘从我身边走过
紧蹙眉头腰也弯了
她必须顶着雨出门
还要穿着时尚毛裙
枣红色的

我从年轻姑娘身旁走过
弯着腰牙关紧咬
午饭好像有些不热
肠胃们在一起声讨我
我穿着枣红色裤子

枣红色的缘故吧

我俩互相看了一眼
依旧各自姿态
擦肩而过
风刮得雨伞乱转
同情和可怜
或在风雨中切磋

(2019.5.27)

（2019 年 9 月摄于哈尔滨工业大学科学园）

（万重山，2016年6月摄于陕西汉中）

远方

远方
曾是一处幽静的房舍
在我视线模糊的地方
风雨飘摇中
安顿我的情感

后来啊
远方是一顶褪色的帽子
在我鬓发灰白的头顶
有意无意间
遮掩我的疲倦

(2019.2.2)

（2019 年 12 月摄于阿联酋鲁卜哈利沙漠）

成长

有一种成长
辞别故乡到异乡

有一种成长
栉风沐雨低吟唱

有一种成长
飞鸿落羽越山冈

有一种成长
归去来兮少年郎

(2019.12.24)

（2019 年 6 月摄于陕西汉中宁强青木川）

我的老情人

你只想唱这一首老情歌
让往事回荡在四周
我听着心里满是怅然
不知自己的老情歌是什么

你说情歌总是老的好
走遍天涯海角忘不了
没有老情歌的我
守在原地是最好的选择

你说情人总是老的好

曾经沧海桑田分不了
没有老情人的我
守着如水岁月平静无波

虽然不能和你长相守
但求你永远在心中
这是我想和你达成的共识
可惜曾经在心中的已随风而过

其实我有一首老情歌
只有心碎的旋律没有歌词
其实我有一个老情人
离我而去再不回头的青春

(2019.12.6)

（内蒙古赤峰克什克腾乌兰布统风光，2018年7月拍摄）

我们的名字

我有一个不屈的名字
像咆哮的黄河
踏遍崎岖荒凉
唱响战士的歌

我有一个崇高的名字
像巍峨的昆仑山
担起千堆雪
挺起骄傲的躯干

我有一个美丽的名字

像多彩的锦绣
明亮的是雪衫岳桦
浓绿的是翠竹杨柳

我有一个辉煌的名字
像午夜的繁星
流动着永恒的历史
闪烁着灿烂的文明

我有一个骄傲的名字
像不熄的圣火
我把名字高举起来
青年中国

（发表于 1994 年 5 月 31 日，2019 年 9 月略做修改）

（陕西汉中留坝中西沟，2019年6月拍摄）

来来回回的风中

在这自幼生活的城市
过去定格在了某些街区
许是怕我遗忘
也可能怕我混淆
它们绝无交集
各自独特的脉络
分外清晰

旧事中的角色
步道上的身影
依然是青春模样

而今游人眼中的景致
从不影响当年格局

没有彩排
没有留下脚本
的演出
演员和观众
只是我们自己
然而不曾预料
我们的剧情被窥窃
被散布在流年
于是无数的模仿秀
在这来来回回的风中
演绎

(2020.7.28)

（海晏河清，2017 年 9 月摄于山东荣成八河水库）

家乡有一条大江

家乡有一条大江
它是心潮澎湃的浪头
尤其夏季到来
波涛滚滚中一曲豪迈

家乡有一条大江
它是心存感念的源头
尤其秋季到来
涟漪澹澹里一缕乡愁

家乡有一条大江

它是心怀坚定的支撑
尤其冬季到来
冰雪晶莹间一脉真情

家乡有一条大江
它是心意缠绵的引信
尤其春季到来
两岸围拢起一江绿色

(2020.5.12)

我将花儿开遍

被漠视的青草地
我是其中一片
但请别为我唏嘘
我会在青草地
开一朵花
或艳丽热烈或素净恬然
或昂然亭亭或娇嫩芊芊

从春到秋
从海北到山南

从玫瑰到康乃馨
从百合到牡丹
我把天下花儿开遍
平凡的青草地
也自得嫣然

(2020.10.30)

收拾心情

你走了
我送你到村口
看你消失在车流中
友人约我一起出门
去看看风景
我说不去了
我要收拾一下

问我收拾什么
我不好回答
我要收拾的是心情
你懂吧

(2016.10.15)

（2014 年 2 月摄于澳大利亚布里斯班）

那天

我出生那天
初雪洒落人间
凌乱的雪花空中翻卷

母亲走那天
暴雪封紧山川
呼号的朔风切碎冬寒

提起那天
故事有很多
说起来都是风雪连绵

(2008.11.7)

（1995年7月作者于大连海滨留影）

（2019 年 2 月摄于泰国清莱黑庙）

写在六一

你一个人搭积木
乐高是你的玩具
你跟自己比赛怎样搭更好
泥巴是我的玩具
我们至少两个伙伴
看谁捏的泥娃娃智商高

你的六一礼物有红包
游乐场和淘气堡
都等着你去疯跑
我的六一礼物是晴天

穿上盼望已久的花裙子
去老柳树下跳皮筋
看柳梢在我头上飘摇

你的节日愿望是什么
去吃好吃的
添一套书籍
跟爸妈出国游
我的愿望很简单
雨天就去堵水沟
晴天就去捉蜻蜓
风天就去放纸鸢

你有烦恼吧
老师留的作业
妈妈布置的功课
我也是有烦恼的
春天买的新鞋
鞋尖被脚指头顶破了
去年做的裤子
已经短得露出脚脖子

眼下看
你的什么
我都知道
我的什么
你全不知道
不过没关系
你长大以后都会知道

有一句话你记住就好了
虽然你和我的时代不同
天真
是一模一样的

(2019.6.1)

秋天脚步一刻不停

一颗蒲公英种子

西风吹送
一颗蒲公英种子
在开阔地的上空
西风撒手
种子徐徐降落
靠向肥沃的土壤

蒲公英种子就要落地
没有任何预告地
一股微弱旋风
将它忽地托起
那颗蒲公英种子
看上去在左顾右盼
挑拣中意的地方

强劲的西风负责宏观
局部的事态
西风不管
蒲公英种子
被置于土壤
还是被撒在沥青路上
它无力强调自己的意向

微弱的旋风
并不声张

却暗自决定
每个随西风而动的种子
能否在东风里昂扬

(2019.10.15)

（轻盈的奔跑，2014 年 6 月摄于陕西商洛柞水）

(哈尔滨伏尔加庄园秋色，2010 年 9 月拍摄)

秋天脚步一刻不停

来到夏天
摆脱不了留恋春天
爱情萌动的季节
想起来就往事连连

来到秋天
摆脱不了想念夏天
风雨盘桓的季节
总是让人愁绪万千

秋天逗留多久呢
聪明的人哟
秋天脚步一刻不停
不给人彷徨流连的时间

(2016.9.18)

（山东荣成八河水库风光，2016年10月拍摄）

似是而非的杂念

1

我讨厌所谓的名言
世界如此复杂
人心如此丰富
其实我原本想说的
是人心如此迥异
所以没有那么简单的哲理
可以将什么一语道破
貌似格言警句
欺骗了自己就好
不要再去欺骗大众到处传播

2

复杂的事情简单化
不过是活的态度
活的是否如意
要看你舍弃了多少
不得不舍弃的东西
还有根本得不到的希冀

3

幼稚的世界才会渴望成熟
苍白的人生需要多彩的装饰
每一道选择题
都是给自己画像
每一个指指点点的评论
都在暴露自己

4

别说没人会感同身受
那是说话的人太年轻了
年长的人在笑话呢
别说没人了解你的内心
人家看破但不说破
你必须知道一件事
文字会有共鸣
音乐会打动人心
竞技会叫人热血沸腾

世界很大人口很多

每个人都说自己
是独一无二的　好吧
那就请你此后心如止水
不做交谈别渴望沟通
放弃喜怒哀乐
别指望有人分担分享或同情
即使这样
你也不是独一无二的

(2019.6.13)

跟自己讲和

1

下雨了天阴
有点儿冷
想起妈以前的话
起来干活就不冷了

妈走了
我也没什么活儿好做
于是拎起哑铃练着

没出息的我
以前爱说我妈说的
现在还是老样子
只是不再嘴上说了

2

浅睡时梦里来诗
两首　很完整的样子
诗句很有意境
醒来时还记得
洗脸刷牙后坐下来
两首诗顺水跑了

这要是从前
醒了立刻去写下来
洗脸刷牙算个什么
这要是从前
梦中解决的难题
全落在本子上
一个符号都不会错

岁月累积厚了
激情残存薄了
不放过的
剩不下什么了
越来越多的也有
那就是无奈
还有
跟自己讲和

(2019.7.1)

（对话，2016年5月摄于山东荣成烟墩耩）

(新疆伊犁尼勒克唐布拉，2013 年 8 月拍摄)

秋风落叶

忍耐的、妥协的友谊
终会风流云散
诡谲的、虚伪的友谊
终会露出马脚令人齿寒

可是依然要相信
天空的蔚蓝底色
大地的广阔无边

旧的要去由它去吧
扫荡腐败枯朽
秋风不是无情无暖

腾出一片新天地
给春风作为
要相信一切的一切
自然早有前瞻

（2019.10.14）

（暴雪方歇，2010 年 12 月摄于哈尔滨某小区）

一无所有

一无所有的人生
何必打扮得堂皇
不如就坦然些
让一无所有得体大方

从来没有
以后不会有
一个人上路
是必然的风光

没什么牵挂
那也很好
把自己交给一无所有
无所谓来去凄凉

（2019.1.26）

如果有来生

如果有来生
没什么可庆幸
此生已然不过尔尔
来生境遇或无不同

云在逡巡
草原是它的选择
阵风吹来
泥淖迎来雨的降落

树木欣欣向荣
开枝散叶是它的向往
蝼蚁也在努力
去树干中心建造楼房

鱼儿游向大海
看上去自由自在
鱼儿自己并不知道
海豚正在远处等待

梅花鹿优美恬静
流连在可爱的林溪
它竖起警觉的耳朵
留意出现的天敌

别提一花二草
牛啃掉或被羊嚼
那都是死得其所
好过插入花瓶受煎熬

总不能幻想
做亚洲狮或东北虎
如果它们好过
怎么会是濒危动物

做天上风
做宇宙星
人的生死真真担不起
如此这般的神话传奇

还是托生为人更可靠
说来说去
此生无论如何
来生或有转机

(2019.11.19)

（2018 年 7 月摄于内蒙古赤峰克什克腾乌兰布统）

（幻境，2016 年 10 月摄于山东荣成某小区）

窗外的联想

我站在元旦的窗口
望向视野中的城市
那栋高楼褪去了曾经的显赫
林木丧失了曾经的壮观
我刚想河流还是那个河流
立刻就嘲笑了自己
黄河改道了几回
珠穆朗玛高了几厘米
还有什么是不曾改变的吗

儿童正在溜冰的地方
我曾蹚水过去到了对岸

西餐厅坐落在当年的狼山
扶老携幼煞有介事游玩的去处
眼下我会一天走上几遍

午后阳光正好
我打算出去转转
至于环境与记忆的关系
没有多少实际意义
百年后即使不会沧海桑田
灵魂也难寻旧时家园
所谓埋骨他乡、魂归故里的说辞
不过是舍不得利落归去
不过是贪恋尘世的一个堂皇借口
而已

(2020.1.2)

（2018 年 7 月摄于内蒙古赤峰克什克腾乌兰布统）

桑树的低调

柳条绿了
杨枝黄了
桑树在想什么
又不可能学松树
一年四季都是一个颜色

桑树发叶的时候
已经没人追捧新绿了
只有当它煞有介事
将第一颗桑椹掉落
才聚起仰望的目光

桑树是本性低调
还是成心低调呢

（2020.4.19）

133

（割裂，2018年7月摄于内蒙古赤峰克什克腾乌兰布统）

北风

岁月的北风
横扫所有
悲伤的失望的
等等理由造成的
鼻涕眼泪和情绪
岁月的北风横扫人生

北风横扫的日子
鼻涕眼泪还会有
不过回归了纯朴
切割爱恨情仇
只与感冒有关

（2019.11.23）

根

秋叶飘扬在半空
果实华丽在枝头
它们早已进入了诗行
桦树枝干洁白
松柏针叶长青
也都是绝好题材

附带于根的联想
只有空泛赞美
没有具象描述
确实
根须没有叶子的妩媚
没有果实的华丽
形态乏善可陈

人们的目光
停留在五光十色
或五颜六色
甚或一片洁白
至于是谁给了世界
如此丰富多彩
人们少有谈论

叶子或果实生长时
根须在顽强掘进

在地下黑暗世界
根须有一寸进展
地上光明处
就有一树丰美

根须无暇在意
自己是否被冷落
它们甚至不知道
泥土之上有风光
且与自己有关

(2019.12.3)

（秋收，2019 年 10 月摄于广西桂林龙胜梯田）

（2018 年 7 月摄于内蒙古赤峰克什克腾乌兰布统）

长短句子两则

1

楼群在灰色背景上呆若木鸡
树木在四季轮回中没几样把戏
一个个窗口如同骨灰格
一片片叶子掩住了生死秘密

2

别忙着指责我的态度
好好想想我话里真义

动心才会动情
动情才会失态
一旦我真心不在
我就会十二分轻松
有关交往与沟通
所有技巧我也会表演出来

(2017.12.11)

生命需要安静

雪落无声
少有鸟鸣
人类的喧嚣
也被寒冷逼停

不必用到禅语
无须描述所谓意境
不过是老天叫人明白
生命需要安静

(2019.2.2)

（山东荣成百合湾，2020 年 10 月拍摄）

（阿联酋鲁卜哈利沙漠风光，2019 年 12 月拍摄）

凑合 & 活着

年轻时会有人问我
过得还好吗
我会随意说还凑合
人家会追问
凑合是什么意思
凑合就是没什么不好
也没觉得多好
平常日子而已

老了没人问过得如何
寒暄全是身体好吗

我会笑着说挺好的
还活着呐
这叫什么话
什么叫还活着
人家觉得我戏谑
其实我回答挺严肃的

年轻时回答凑合
那是心里清楚
生活还有上升空间
老了说还活着呢
那是明白天命所归
活着真的已经很好了

(2020.1.3)

爱情已经有毒

爱情
伴着泪水而行
据说
泪水能带走很多毒素

当泪水不肯再流
不是爱情消失
就是
爱情已经有毒

(2019.1.29)

（2011年6月摄于辽宁葫芦岛）

（2018 年 7 月摄于内蒙古赤峰克什克腾乌兰布统）

缺席

摄影者的镜头
捕捉独特
个性的视角
不同寻常的景象
开阔的空间
写意的背景
光影交错的投射

眼下的情形
满足所有摄影要素

没有任何干扰
行人在窗内张望
汽车泊于街边
街头出现一只狗
点缀的意味更加浓烈

摄影师去了何方
舍弃这难得的时机
城市楼群依旧耀眼
乡村风光没有缺席
太阳照常升起
光与影依旧变幻无穷

寂静的世界之外
应该有喧嚣的存在
寂静才会让人安然
寂静之外还是寂静
寂静说给谁听
你的空旷如我的空旷
空旷无人欣赏

记录火热的生活
多少镜头都不嫌多
各有各的理由张扬
当死亡幽灵恣意行走
八荒表象惊人一致
自然世界给了所有人
同一个脸色

你看到的

所有人都看到了
无论哪个角度
无论什么拍摄风格
没有谁独特
没有谁愿意在现实之外
看到更残酷的描摹

当然需要有人去记录
以便下次与幽灵相遇时
拿出来做如是说
或者人们忘乎所以时
傲慢地展示战胜曾经的恶魔
或者
可能会有警示的作用
谁知道呢

(2020.2.7)

心的选择

天地似这般的
风流云散
光影斑驳
人生似这般的
起伏跌宕
云山雾嶂

你看到了这个
为什么不是别的

眼中看到了什么
那是心的选择

(2019.6.24)

（山东荣成八河水库风光，2017 年 5 月拍摄）

明确已经发生

明确是个残酷的字眼儿
能把一切想象打翻
不给朦胧一点喘息的时间

信息时代好还是不好
这些都不用操心
好与不好都逃避不了

明确与信息息息相关
别人的真假难辨
会影响对自我的判断

当泉水"叮咚咚"地响起
恋人心在何处流连
要猜要想要听得仔细

说走咱就走的亲朋们
偶尔一个信封中
只言片语涂抹着真情假意

现在就简单多了
方方面面的掂量
就发生在朋友圈里

没功利关联就不敷衍

兴趣不合就选择不看
但凡一丝龃龉拉黑处理

如此简单如此明确
晾晒人类的内心世界
科技还会有更多的胜券

假如人心不堪如此
也不必忧虑
机器心脏早晚会来代替

(2019.7.8)

（休渔，2017年9月摄于山东荣成斜口岛）

（美人，2019 年 12 月摄于阿联酋鲁普哈利沙漠）

左腿和右腿

我扳起左腿向前向后
完美达到骨骼弯曲点
很像少年模样
我扳起右腿向前向后
右腿僵硬左腿打颤
瞬间被告知了春秋

我没有理由谴责
谴责右腿僵硬左腿打颤
它们最佳配合是前者
右腿有最强支撑
左腿有最好柔韧

我还要什么自行车
最佳搭配只一种存在
顶杠当不了杠顶
底座爬不上塔尖

要求能彼此互换也可以
前提要心里有数
一个牺牲柔韧
一个牺牲力度
等到彼此相似看着好美
却都毁了各自独到的用处

(2019.7.16)

150

（奔跑的少女，2019年6月摄于陕西汉中留坝花海）

二〇一九的夏季

立秋还有三天
我放下了心头燥热
秋意提前来到
凉爽的风在堂中吹过

我不习惯事先打听明白
总是揣着懵懂出发
让毫无新意的旅行
有意外的味道
于是今年的夏季
从青木川走起

这个夏季意外频出
有青木川的偏远传奇
还有马嵬驿的热面皮
原来有名气不一定最好
最好一定要遭遇

在喜欢与不喜欢之间
隔着陌生
在懂与不懂之间
横着时光
了解所谓历史
不一定依赖文字
青花釉里红
也能担当此任

夏天就该有夏天的模样
要有热烈与狂放
热烈是老天释放荷尔蒙
狂放是乐队的爆场
你知道的我不知道的
全在乐队的夏天

盘尼西林
能杀菌消炎
也能让人过敏
刺猬背上长满硬刺
也有柔软的肚皮
我不明白
也没去搞清

新裤子是什么意思

稀里糊涂被新裤子圈粉
花钱下载他们的噪音
怪声怪气学着
艾瑞巴蒂
独自在耳机里听着
生活因你而火热

火热的生活就好
气温还是不要太高
看着南方气温心里暗说
三十度真不算什么
还是去了
更加凉快的地方
黑河

最遥远的地方离家最近
六十年才知道
谁是黑龙江人
北大荒的知青已经走远
天空留下他们的印痕
爱辉古镇早已重建
海兰泡还在黑龙江那边

冻死在黑河的夏天
并不只是一句玩笑
除了裹紧外套
艰难苦痛与血海深仇
内忧外患一起发作

冰凉入骨

于是在所谓的布市
眼光挑剔
辽阔的所谓异乡
盛不下我的复杂心情
羞愧和气恼绑架了我
还有那个
俄罗斯冰激凌
让我一直打嗝

塞外夏天很短
熬不过去的
高温三五天
也已经成了过去
窗外的燕子一直忙碌
已经没有功夫呢喃
我也很忙
总在准备出发
或出发的路上

(2019.8.4)

(眺望，2019年9月摄于韩国济州岛)

我的四季五行

春天来了我没撒欢
我心里清楚
什么只可观望
我属于秋天
挺拔已经是最好的生长

秋天来了我不悲叹
我心里努力
默记歌词曲谱
来年春天
唱一首复苏的歌

夏天来了我不贪凉
我在烈日下行走
阳光给我力量
我在夏天积攒
好在冬天里依旧坚强

冬天来了我不逞能
我在房子里猫冬
我认真准备着热情
去迎接即将挣扎而来
扑向我的春

(2017.6.5)

（爱惜，2019 年 9 月摄于哈尔滨松北）

怕什么

河怕枯干水怕脏
夏荷怕秋黄

月怕无光天怕黑
垂柳怕泥塘

鱼怕上岸鸟怕网
人怕不声响

生怕贫困死怕慌
鬼神怕异乡

(2019.11.6)

遇上一个无赖

遇上一个无赖想跟我动粗
手指头在我鼻尖十公分处
不对，是五公分处指着
挑衅上来

我慢慢挺直腰
两手揣进口袋
我没有躲避鼻尖前的指头
而是睁圆眼睛
平整了表情

想打架吗
很好
我想这件事已经很久
我不会先出拳
我等你动手

胆怯的人上阵
需要勇气或胁迫
胆壮的人退阵
需要修养或历练
我属于后者

抬起一脚踢过去
我是做过的

靠近目标时我省掉一半力气
抄起锄头抢过去
我是做过的
锄头在半空中画了一个圆圈

如今我把双手插进口袋
口袋里的拳头已经攥紧
那是我的决心

我冷冷望着无赖
对，就是这样
随便你骂阵
为回应挑衅付出代价
不在我战术之内

勇气可嘉没有错
勇气之外制怒为上
不乱无敌

(2019.11.24)

（喀纳斯河，2013 年 8 月摄于新疆阿勒泰）

装腔作势无病呻吟自我标榜，等等

心里烧着一团火
住进设施先进的房舍
享受城市化的福利
却说高楼大厦破坏了自然
忘了自己没有批评的资格

时常惺惺作态
非把自己的腔调
播放在自然主义的高台
然后窝在舒服的钢筋水泥中
对着八方指指戳戳

干脆住进土坯房吧
那样多接地气
没有上水没有下水
没燃气没暖气更没网络
知道为什么嘛也没有吗
为一个人公共投资
想什么来着

没有钢筋没有水泥
没有高楼大厦遮挡空气
做个纯粹的自然主义者
希望那时候
还有诗意汩汩流淌
像想象中的门前那条小河

不去购物
装作不知人间烟火
不去乘车
无论公交还是摩托
千万要穿草鞋
橡胶可是最大的公害之一

什么都不做
只是活着
靠什么活着
自然是把土坯房的日子
写成诗
然后七传八转网上嘚瑟

拜托旁人都眼拙
看不出原本就是假货

靠嘲笑钢筋水泥中的人
过活
更好旁人都糊涂
尤其捧场的蠢货

(2019.11.15)

聪明的

聪明的两个分枝
彼此反向生长
各自用丰满的叶子
吸收阳光
看似彼此和谐一致
骨子里各有主张
向最舒适的方向伸展
让彼此疏离

植物都很聪明
懂得或然率
愚蠢的人不懂

非要纠缠到不分你我
然后不时龃龉
甚至大打出手
搞得遍地哀伤

(2020.5.28)

（2011年10月作者于哈尔滨黑龙江省森林植物园留影）

与秋共舞

秋的旋律响起来了
山冈上的枫树
平原的草儿
一起加入了奏鸣

赋闲的亲朋
熟悉的人们啊
跟着秋的节奏
荡到天涯海角去了

而我的激情与躁动

定是不愿与我一同老去
也踩起秋的鼓点
去诗歌里徜徉了

秋的交响
已近恢宏的篇章
所有乐手都不甘示弱
天下舞步
风一般快起来了

(2020.9.17)

（2018 年 7 月摄于内蒙古赤峰克什克腾乌兰布统）

被惹毛的秋天

秋情泛滥的季节
秋风不仅送爽
也带来幽怨
清凉在当下
心绪却在萧瑟边缘

秋雨更是冤屈
扑灭暑热的功绩
很快就被忘却
仿佛世间凄凉

都是秋雨所携

秋叶的幸运
是仍然高挂枝头
那不及飘落的暮年
至于跌落的枯枝败叶
只能期盼雨水放过
坏了整个季节的罪名
会钤在泥泞的画面

秋阳总是受到欢迎
可惜为时不多
如同回光返照
警醒的意味十分显然

不知何时开始
秋天的一切
寓意已被定格
非左即右的表述
已经烂透
终于在庚子之年
有了异乎寻常的惊现

一个被陈词滥调惹毛的秋天

风雨携手宣誓放弃
那本不多见的各自为战
给习惯庸常的世界
重重一击

让风雨之词
组合得耳目一新

掀翻尘物
玷污了风的气节
加入林海松涛的现代舞团
是风的快意追求
雨也不再单调
直来直去的动作太老套
闪转腾挪的时尚形意
有风的助力

哪里还有渐渐秋黄
落叶流水入江河
五花山色待来年了

有必要给风声新的诠释
过去的注解太单薄
仔细听好了
原来是
撕一扇翠纱窗
摔两只青花碗
斫几棵老树搭场子
万籁合声阿卡贝拉

秋阳碎片化了
一改陈旧默片风格
天晴了
太阳在呼喊

男女混声为童声铺垫

跟不上节奏的沮丧
落伍的滋味
悄悄沉淀
被惹毛的秋天
刷新了秋天的刻板

被惹毛的秋天
属于二〇二〇年

(2020.9.6)

夜晚缺乏阳光

秋色正好
远处传来学校的课间操
喜鹊飞在树丛
枫叶将阳光破碎
偶尔跑过的汽车
掀起一阵落叶的狂潮
我心情不错
打算去商场泡泡

酝酿一夜的绝望
忽然变得可笑
果真在夜里实施
奈何桥前把回路找
于是得出一个结论
虽说不外乎老腔调

夜晚是给沮丧准备的
夜晚缺乏阳光
白天专门对付绝望
把希望直接打到脑门上

不论什么倒霉的决定
一定要等到黎明
据说
天底下没有什么

是阳光解决不了的事情

(2020.11.1)

（暮色初现，2019年8月摄于韩国仁川）

（遥望，2018 年 12 月摄于福建厦门）

我不怪你

你离开我
我不能怪你
我是河流你是河堤
我在奔腾你在抵御
我一路向前
你在原地

你我分手的风格
特别江湖
所谓一别两宽
不过就是还原本色

我做我的河流
你做你的河堤
曾经的接触
无论多久
都无须介意
那不过就是一场偶遇
而已

（2020.11.1）

有风自南方

三月

三月雪如旧
塞北风不暖
暮色孤灯处
老屋知春寒

（2018.3.25）

（2016年3月摄于哈尔滨工业大学科学园）

有风自南方

有风自南方
春汛到北疆
教子如乔木
期可成栋梁
拊手置胸口
心潮越山冈
不喜道于人
暗自品芬芳

(2020.3.31)

(哈尔滨阳明滩大桥，2020 年 4 月拍摄)

庚子四月

庚子四月芳菲迟
绿色远近看柳枝
春风化雨脚步紧
辜负塞北不多时

（2020.5.3）

（临水得春，2016年5月摄于山东荣成八河水库）

狼藉之处生紫烟

三月三过倒春寒
地冻人倦意阑珊
忽有小儿去又返
狼藉之处生紫烟

(2019.5.28)

（淘气包，2019 年 2 月摄于哈尔滨）

燕北归

乘风归来意如何
老牙稚齿争先说
山高水远艰辛事
南来北往苦乐多
去年儿女已长成
今番配偶筑新窝
春天各自窃窃语
秋日对唱呢喃歌

(2019.4.15)

（春黄，2011年5月拍摄哈尔滨工业大学科学园）

问东风

先有蝴蝶先有花
东风支吾未作答
却闻蜂儿脚步紧
原来迎春已发芽

(2019.4.14)

（杭州西湖，2014 年 4 月拍摄）

五月

1

桃红褪尽何须伤
梨花带雨已渡江
明朝魂魄谁收拾
说与君知紫丁香

2

五月将至花事催
堪惜今岁好鬓眉
不叫俗色坏芳韵
朴素一袭赴春晖

(2019.4.28)

端午有感

慢说唐诗与诗经
遑论诗仙与诗圣
但使稚儿初识字
便知成语最流行
尺短寸长品性谦
神灵鬼雄胆色浓
自古豪杰论风采
谁人敢与屈子争

(2017.6.23)

（2018 年 7 月摄于内蒙古赤峰克什克腾乌兰布统）

分水岭游吟

看山看水看流云
说古说今说秦人
分水岭上分南北
广货街头辨纵深

（2018.6.25）

（彩云飞，2017年6月摄于山东荣成槎山）

坝上夜歌

塞外高岗塞外风
牛羊云动骏马腾
落霞染透天湖水
儿女牧归夕阳红
左手一点炊烟起
右手一拨明月升
待过酒酣歌声浓
千里草原入梦中

（2018.7.28）

（2018 年 7 月摄于内蒙古赤峰克什克腾乌兰布统）

中元日

七月十五中元日
乾坤况味同人间
风不说寒雨说寒
明日秋色上南山
心中残酒杯无数
梦里书简无一言
但使岁月终不绝
百感兹念在当年

（2019.8.22）

（月圆，2012年8月摄于山东荣成烟墩耩）

恣意涂抹最快活

正美秋光荒不得
搬来纸笔细琢磨
陈规恪守如嚼蜡
恣意涂抹最快活

(2017.8.16)

（冲浪归来，2018 年 12 月摄于福建厦门）

秋色美

秋色美
江水沉静燕双飞
风解秋意杨柳媚
彩云追

秋色美
春绿不敌秋葳蕤
遍插蒲苇笑玫瑰
看翠微

秋色美
翁妪笑谈鬓毛衰
儿女风发凭有谁
人间醉

(2019.9.18)

（山东荣成八河水库风光，2017 年 9 月拍摄）

秋风起势天下凉

秋风起势天下凉
莫问阡陌有无霜
应叫人间多温暖
时光流转无沧桑

(2019.10.7)

（摄影人，2018 年 7 月摄于内蒙古赤峰克什克腾乌兰布统）

秋色起舞

满目秋光舞秋色
遍地秋叶起秋声
缤纷为难执画笔
万籁一改萧瑟风
林间喜鹊戏松柏
云中白鸽结伴行
南飞燕子传悔意
来年秋天晚启程

(2019.10.24)

（山东荣成八河水库风光，2017 年 9 月拍摄）

数喜鹊

春深叶茂不知数
雪泥鸿爪辨雌雄
最是俗语说仔细
梅花含笑喜相逢

(2019.11.13)

（气氛，2019 年 7 月摄于哈尔滨太阳岛公园）

191

水仙 & 女人

水仙兀自开
女人任性美
谁言香气淡
春去春要回

(2020.4.1)

（水仙与墨色，2020 年 1 月摄于哈尔滨）

入腊

今日风萧瑟
岁月入腊行
立雪无所虞
春在坚冰中

（2018.11.22）

（寒冬，2016 年 3 月摄于哈尔滨工业大学科学园）

向往

有花有月相对欢
有风有雨同一船
无肴无酒杨柳日
无忧无虑桑榆年

(2020.4.2)

（沙漠风情，2019 年 12 月摄于阿联酋鲁卜哈利沙漠）

194

红地毯

自画像

没事儿
不用学习不用劳动
没有牵挂没有应酬
就是自在

没事儿
天不下雨天不刮风
太阳亮着云彩挂着
就是卖呆

没事儿
头没疼痛脚没瘙痒
饭没少吃觉没少睡
就是舒服

没事儿
电视不看手机不瞧
关掉音响关上门窗
就是消停

没事儿
打开电脑展开文稿
小说不摸散文不动
就是写诗

没事儿
灵光一闪心得二三
敲字上网配上图片
就是嘚瑟

（2015.5.1）

（2019 年 12 月作者于阿联酋阿布扎比留影）

197

流浪狗

副食店门口，蹲着一只狗
毛发遮住脸，污垢蒙着头
台阶当中站，来人亦不溜
疑似遭人弃，怜其食不周
粉肠给一截，鸡腿面前丢
然其拒领情，挑剔把头扭
可惜一截肠，鸡腿二十九
店主费指点，门外鸡架候
原来无饥寒，吃得满脑油
放眼饮食街，美味都尝够
知人假行善，施舍求佛佑
蔑视家中犬，藐视人作秀
狗窝到处有，少来整收留
哥偏不要家，十里八街走

（2020.4.3）

（2019 年 9 月摄于韩国济州岛）

（蓬勃的野稻，2017年10月摄于山东荣成八河水库）

杂食之徒

昨夜雨落风吹，搞得半宿没睡
不是听雨赋诗，实在肚子搞鬼

一遭随便想想，恐是桃子太硬
二遭细细思量，怕是黄瓜太凉

三遭猛然觉悟，还有无花之果
外加地瓜柿子，巨峰葡萄几颗

三遭过后寻药，首选乳酸菌素
依旧翻江倒海，非得藿香正气

199

肚子暂时消停，脑袋还在神经
安定必须跟上，还有一套操行

说我没啥大事，那是腰杆不疼
稍有风吹草动，大厦摇晃欲倾

说我不能乱吃，我有秩序排定
饭前饭后间隔，大小多少适中

说我吃得太杂，我是科学养生
说我嘴巴太馋，算你说对八成

(2017.10.26)

垂钓者画像

水间草埂上
垂钓三人行
不瞧夕阳落
不看旭日升
能忘开餐饭
不忘亮渔灯
任凭雨飘落
随便热浪腾
只要不刮风
驻牢三颗钉

(2017.6.10)

（垂钓者，2017 年 5 月摄于山东荣成八河水库）

（暴雨中的哈尔滨工业大学科学园，2019 年 8 月拍摄）

是年夏季

入夏以来气象诡异
七月多雨八月无晴
夏日屈指可数
立秋之后便江南梅雨
秋后一伏几同诓骗
每每沟渠满溢
大河奔流小河咆哮
松花江波澜壮阔

有道是
一日挥雨，去燥降尘
两日洒雨，消暑降温

三日播雨
可读书，可赋诗，可追思
日日阴雨
可做之事，唯修行尔
最可怜天下农作
拔穗、灌浆之时光照了无
如知有今番
或可劝羿多留一日不射
以备用之

晨起咖啡赶走慵懒
茫茫然不知何所事事
晾衣不爽，拖地难干
发霉之状四起
各款多肉已绿色一统
夏衣退场，秋装上阵
新置裙衫尚未施展
佩服商家先知
裙衫无踪影，皮毛已上架

人有嗜好如有信仰
广场舞者
仍于黑咕隆咚天地
粉墨登场，雨中颠步
或曰
日可不食米，不可不颠步
念及人生唯此执念
不胜可怜

最可怜南方火炉烈焰炎炎
南方蒸笼热气腾腾

南辕北辙最厉害者
当数二〇一九
正所谓
东北阴雨天凉至甚伏天穿秋裤
南方燠热至极非扒皮不可活耳

(2019.8.31)

健康的小船

喝多了一盅酒
吃多了一碗饭
健康的小船说翻就翻

穿错了一双鞋
搭错了一件衫
健康的小船说翻就翻

摆歪了一条腿
走多了一里路
健康的小船说翻就翻

看多了一集剧
起高了一首歌
健康的小船说翻就翻

早开了一页窗
晚关了一扇门
健康的小船说翻就翻

想多了一件事
少睡了一小时
健康的小船说翻就翻

要说的话太多

一页纸又太短
健康的小船说满就满

(2017.9.20)

（2020年10月摄于山东荣成赶海滩）

（2015 年 7 月摄于加拿大维多利亚布查特花园）

红地毯

户主出差了
给媳妇写信
第一封信三十字
落款　吻你
第二封信二十字
落款处是放大的字　吻你
第三封信十个字
落款处是大大的字　吻你

媳妇回信了
你给吻你铺的红地毯
越来越短

你干脆撤了红地毯
直接吻你的地板吧

(2018.4.1)

你不声响

说有一种新技术
叫 3D 打印
我突发奇想
可以打印一个你

打印一个你
陪我散步逛公园
跟我谈天说地
打印一个你
没有现在的坏脾气

你为什么不声响
是不是受了启发
也想打印个我
现在的我不合你心意

那你就说嘛
不要憋在心里
打印个什么样的我
才能叫你满意

你不声响
你还是不声响

我有点儿懂了

我自作多情了
你不会打印我
你要打印个梦中情人
把我取缔

(2019.4.1)

（2018 年 7 月摄于内蒙古赤峰克什克腾乌兰布统）

图书在版编目（CIP）数据

我将花儿开遍 / 曾嫣著. -- 武汉：长江文艺出版社，2022.1
ISBN 978-7-5702-2147-9

Ⅰ. ①我… Ⅱ. ①曾… Ⅲ. ①诗集－中国－当代 Ⅳ. ①I227

中国版本图书馆 CIP 数据核字（2021）第 087388 号

我将花儿开遍
WO JIANG HUAER KAIBIAN

责任编辑：胡　璇　　　　　　责任校对：毛　娟
装帧设计：万卷时代　　　　　　责任印制：邱　莉　　王光兴

出版：长江出版传媒 | 长江文艺出版社
地址：武汉市雄楚大街 268 号　　　　邮编：430070
发行：长江文艺出版社
http://www.cjlap.com
印刷：武汉市籍缘印刷厂

开本：880 毫米×1230 毫米　　　1/32　　印张：7　　插页：2 页
版次：2022 年 1 月第 1 版　　　　2022 年 1 月第 1 次印刷
行数：4317 行

定价：45.00 元

版权所有，盗版必究（举报电话：027—87679308　　87679310）
（图书出现印装问题，本社负责调换）